Filippo Linati

Recherches expérimentales sur les effets du courant électrique appliqué au nerf grand-sympathique

Anatiposi

Filippo Linati

Recherches expérimentales sur les effets du courant électrique appliqué au nerf grand-sympathique

Réimpression inchangée de l'édition originale de 1859.

1ère édition 2023 | ISBN: 978-3-38273-726-9

Anatiposi Verlag est une marque de Outlook Verlagsgesellschaft mbH.

Verlag (Éditeur): Outlook Verlag GmbH, Zeilweg 44, 60439 Frankfurt, Deutschland
Vertretungsberechtigt (Représentant autorisé): E. Roepke, Zeilweg 44, 60439 Frankfurt, Deutschland
Druck (Imprimerie): Books on Demand GmbH, In de Tarpen 42, 22848 Norderstedt, Deutschland

RECHERCHES EXPÉRIMENTALES

SUR LES EFFETS

DU COURANT ÉLECTRIQUE APPLIQUÉ

AU

NERF GRAND-SYMPATHIQUE

par

M. PHILIPPE COMTE LINATI

Chevalier des plusieurs ordres,

Membre de l'Académie Royale des Sciences de Turin,

et d'autres corps scientifiques

et par

M. PRIME CAGGIATI

Docteur en Médecine

Agrégé a la Faculté de Médecine de Parme

PARME

1859.

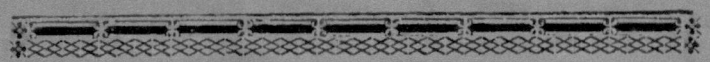

De même que les procédés chimique qui ressortent du mécanisme de la vie produisent du calorique en quantité proportionné à ces mêmes procédés et aux besoins des actes vitaux, de même aussi il est naturel de supposer qu'ils doivent produire de l'électricité en abondance.

Celui qui s'aviserait d'argumenter en sens contraire, serait obligé de nier les résultats de l'expérience, et de détruire les plus sains raisonnemens que la physique et la chimie aient fournis jusqu'à présent à cet égard.

Comment pourrait-on admettre qu'une électricité, dont le développement doit durer avec la vie qui doit être mesurée par les actes qui la conservent, et se développer sur tous les points de l'organisme, comment, dis-je, pourrait-on admettre qu'elle dût rester inefficace et inutile, se dissiper et se perdre sans avoir été profitable?

Est-ce qu'elle n'aura pas, comme le calorique, une proportion avec l'activité des actes organiques? Est-ce qu'elle ne les rendra pas, par son intermédiaire, plus prompts, plus complets et plus accomplis?

Ce furent ces considérations qui déterminèrent plusieurs savans à instituer des recherches scientifiques sur ce sujet. Mais, d'un côté, l'imperfection des moyens d'expérimentation, de l'autre, la paresse de l'esprit de ceux qui se tiennent satisfaits de ce qu'ils ont appris, ont empêché que l'électro-physiologie et l'électro-thérapie n'acquissent pas cette étendue et ces connaissances qu'elles réclament davantage tous les jours.

On reconnut d'abord dans l'électricité un excitateur puissant des nerfs et des muscles de la vie de relation, doué de la faculté de réparer les fonctions altérées ou interrompues, et d'en augmenter l'activité. On observa ensuite que les procédés électriques ne produisaient de tels effets sinon quand ils suffisaient en même temps à réordonner la nutrition des parties sur lesquelles se dirigeait son action. Ainsi, d'après cela, l'électricité démontra qu'elle se rapprochait, pour son propre action, à l'action vivifiante et moderatrice de l'agent nerveux.

M. Matteucci et d'autres savans distingués qui marchèrent sur ses traces, découvrirent enfin dans la trame interne du tissu musculaire l'électricité qui est propre à ces tissus, laquelle est proportionnée à la contraction des muscles, à l'état de leur innervation, à leur excitation, et à l'échange des matériaux qui les composent.

Une telle découverte était de nature à faire conjecturer que l'électricité devait aussi exister dans les autres systèmes et dans tous les autres appareils, et qu'elle y exerçait son action de la même manière, par les mêmes moyens et avec des effets également utiles.

Dans la prévoyance que de la solution d'un tel problème dépendraient de très importantes déductions et des applications de l'agent dont il est parole, aux besoins de la médecine curative, il était naturel de songer à rechercher l'action de l'électricité dans les organes et dans le systéme nerveux de la vie organique, où elle n'avait pas encore été étudiée, et où son action devait réussir d'autant plus efficace, qu'ils sont plus à l'abri de l'action des autres agens extérieurs et qu'ils éehappent le plus aux moyens de l'art curatif.

En effet, si l'électrieité dirigée sur les museles suffisait à égaler les effets de l'excitation nerveuse volontaire, elle devait avoir une égale énergie pour remplacer l'excitation nerveuse involontaire. Or, comme cette dernière est restée jusqu'ici au dehors de nos moyens d'action, s'il fût possible d'en a-voir un dans l'électricité, il nous fournirait les moyens de maîtriser le degré et la force des actes spéciaux et des procédés nutritifs des organes internes.

Ce fut done d'après ces réflexions que je fus porté à eroire que si l'électricité agissait sur les nerfs du grand-sympathique de la même manière que sur le système nerveux museulaire, il ne serait nul-lement impossible de rémédier aux importantes alté-rations des organes qui en sont innervés, de même qu'il n'est nullement impossible, au jour qu'il est, de réparer, par son moyen, les altérations et l'inertie des muscles volontaires. Voilà les réflexions qui firent naître, il y a longtemps, dans mon esprit le désir de voir constatés et vérifiés par l'expérience les faits dont il est question. Mais les invitations réitérées que j' adressai à quelques savans pour qu' ils procédassent aux découvertes que la science réclamait, ne furent pas accueillies comme je le souhaitais; c' est pourquoi que j' ai pris le parti, secondé en cela par le travail du jeune docteur M. Caggiati, qui ne tarda pas à reconnaître toute l' importance des considérations qu' on vient de faire connaître et des résultats à obtenir, d' entreprendre moi-même ce que l' intéret de la science, autant que mon désir, exigeaient impérieusement.

Nous instituâmes donc ensemble un cours d' expériences, dont les résultats furent exposés dans un Mémoire que je publiai dans l' anné 1857.

Je vais mettre maintenant sous les yeux du lecteur le résumé de ces expériences.

Un homme agé de 41 ans environ, d' une constitution passablement robuste, doné d' un tempérament nerveux lymphatique, ayant en outre des dispositions gontteuses héréditaires, fut assujetti pendant plusieurs jours à une régime de vie et à un système d' alimentation toujours uniformes.

An bout de quelques jours cet individu fut soumis à l' action de l' électricité produite par six gros élémens de la pile de Daniel.

Voici le procédé d' application adopté après quelques essais, et qui réussit le mieux à atteindre le but que nous nous étions proposé.

Ayant pris une plaque de cuivre doré de dix centimètres de diamètre, et l' ayant recouverte d' une substance épongeuse qu' on humecta avec de l' eau acidulée à sa face antérieure, on l'appliqua à la peau de la région épigastrique que l'on avait eu soin d'induire avec de la substance cérébrale, chez laquelle on avait reconnu la propriété de faciliter l'introduction de l'électricité dans le corps vivant et d'empêcher la cautérisation de la peau.

A la face postérieure de cette même plaque on attacha le réophore positif de la pile.

En même temps on appliqua à la peau de la région dorsale qu'on avait aussi induite avec de la substance cérébrale, une autre plaque de 50 centimètres de longueur, apprêtée de la même manière, et à laquelle on attacha le réophore négatif. Par ce procédé, le courant électrique passait à travers le corps du sujet, de façon à porter son influence sur les ganglions intercostaux du grand-sympathique ainsi que sur le plexus solaire. Enfin on plaça dans le circuit un galvanomètre d'une sensibilité moyenne.

On réitéra ces expériences pendant un mois, et l'on eut ainsi 67 heures d'électrisation. L'électricité qui passait à travers le corps du sujet, était marquée par des déviations qui oscillaient entre 40 et 80 degrés.

Le régime de vie et le diététique gardés par le sujet de nos expériences avant les séances, furent maintenus d'une manière inaltérable pendant le cours des expérimentations, ainsi que dans les jours suivans. On put faire donc un examen comparatif entre ses conditions normales et celles qui résultèrent de l'action immédiate de l'électricité, ainsi qu'avec celles que le même fluide laissait dans l'organisme après son introduction.

Voici les résultats que l'on tira d'un tel examen:

1.º Les pulsations du puls qui étaient au matin, avant l'électrisation et lorsque le sujet était à jeun, 52 à 53 par minute, montèrent à 60 durant l'action de l'électricité, et se maintinrent à 58 et 57 même après plusieurs mois.

2.º La respiration qui donnait ordinairement treize inspirations par minute, en donna quinze par suite de l'influence du galvanisme et redevint normale à la cessation de cette influence.

La composition des urines et leurs modifications devaint être et furent en effet l'objet principal de nos recherches; car c'est dans les urines qu'aboutissent les produits de la denutrition qui tend à représenter l'activité relative des procédes intermediaires, à l'aide desquels les actes de la vie s'accomplissent.

Les urines fournies par le sujet toutes les vingt-quatre heures, furent recuellies tous les jours, pour être l'objet d'un examen analytique de la part de M. Truffi Professeur de chimie inorganique à l'Université de Parme qui s'empressà aussitôt de nous aider de ses précieuses connaissances qui sont le meilleur garant de l'exactitude des résultats de ces experiences.

Cet examen analytique s'étendit à toutes les urines fournies par le sujet toutes les vingt-quatre heures, afin d'éviter l'inexactitude et le peu de précision qui auraient pu suivre l'analyse partielle d'une certaine quantité de ce liquide. On trouva dans les urines recueillies avant l'emploi de l'électricité beaucoup moins d'urée qu'on n'en trouve d'ordinaire en celles que fournit un individu à l'état de parfaite santé, attendu qu'elles ne constituaient que le $\frac{12}{1000}$ des urines soumises à l'analyse, c'est-à-dire, 12 grammes pour chaque 1000 grammes du liquide, ce qui est à peu près la quantité égale à la moitié de celle que l'on obtient ordinairement. Néanmoins cette quantité était toujours normale chez l'individu en question, puisque à peu de différences près, elle ne varia point pendant tous le quatre premiers examens chimiques. Mais l'électrisation y apporta bientôt une augmentation sensible; c'est pourquoi, que la quantité de l'urée avait monté, après la troisième séance à 16 grammes sur 1000 grammes d'urine. Enfin elle augmenta tellement qu'elle arrivait à 18 grammes après la sixième séance et à 19 après la dixième.

Bien que nulle circonstance n'arrivât à troubler la condition des expérimentations, cependant ce dernier résultat n'augmenta, ni se maintint, mais la quantité de l'urée redescendit à 16 grammes sur 1000 d'urine au bout de peu de jours; ce qui doit être attribué, je pense, à ce qu'il fallut diminuer de deux onces la quantité des alimens azotés administrés au sujet, pour la raison que leur quantité dépassait les besoins de son estomac. Trois jours après la cessation de l'emploi du courant électrique, la quantité de l'urée des urines fournies pendant les vingt-quatre heures suivantes était de nouveau 12 grammes sur 1000, quoiqu'on n'eût rien innové dans le système d'alimentation du sujet, et qu'il continuàt, par conséquent, à se nourrir comme au temps de l'application du courant électrique.

Les différences qu'on remarqua dans l'acide urique étaient à peu près les mêmes que celles qu'avait présentés la quantité de l'urée. Avant l'emploi du courant 1000 grammes d'urine contenaient 40 à 50 centigrammes d'acide urique, correspondant à la moitié de celui qui y existe ordinairement. Cette quantité augmenta depuis au moyen de l'électrisation, mais sans aucun rapport avec l'accroissement de l'urée. On en obtint 0,71 sur 1000 grammes d'urine après la 3.e séance, 0,82 après la 5.e, 0,80 après la 6.e. Puis elle diminua quelque peu, et remonta enfin à 80 et 81 centigrammes. Il ressentit peut être, aussi, les effets de la diminution des alimens, car ensuite sa quantité ne dépassa jamais 65 centigrammes.

A la fin des expérimentations électriques, l'acide urique fut réduit à sa première quantité; plus tard on reconnut qu'il avait diminué davantage, n'étant plus que 26 centigrammes sur 1000 grammes d'urine.

Les modifications que l'emploi de l'électrisation apporta dans la quantité des sels à base inorganique qui sont contenus dans les urines et qui furent en conséquence, recherchés et observé dans leur ensemble, ne présentèrent pas une moindre importance. En effet, avant l'emploi de l'électricité, il se trouva que leur quantité était, en moyenne, de 7 à 8 grammes pour chaque 1000 grammes de liquide urineux. Cette quantité augmenta, quoique plus len-

tement que les deux autres substances ci-dessus
nommées, durant l' emploi du courant électrique;
puisqu' il ne fut possible d' en évaluer la différence
qu' après la sixiéme séance. Ces sels montèrent
alors à 15 grammes, mais bientôt après ils retom-
bèrent dans les chiffres d' auparavent. Leur quantité augmenta de nouveau bientôt; et quoique cette
augmentation eût lieu avec lenteur, et qu' elle fût,
au surplus, ralentie par la diminution des alimens,
non pourtant leur quantité atteignit 18 grammes
après la seixieme séance.

La suspension des experiences électriques finit pour
diminuer aussi ces composant; mais non pas avec
autant de rapidité, ni avec autant de proportion que
l' urée et l' acide urique, car dans l' analyse insti-
tuée douze jours après, on rencontra encore, en
1000 grammes d' urine, 15 grammes de sels inor-
ganiques, tandis que les deux autres substances a-
vaient été réduites à leur mésure ordinaire.

Nous eûmes aussi à remarquer avec satisfaction
que le sujet de nos expériences avait tiré des avantages de l' influence électrique. Ils consistaient, ces
avantages, dans l' amélioration et dans l' augmentation
de la faculté digérante, ainsi que dans d' autres in-
dices apparens et durables d' une meilleure nutrition.

On deduisit de ces résultats que l' électricité d' un
courant continu appliquée sur le grand-sympathique,
produit les effets que voici:

1.º Elle rend plus active, plus énergique et
plus frequente la circulation, en augmentant d' un
septième environ sa célérité.

2.º Elle augmente aussi, d'un septiéme environ, l'activité des mouvemens respiratoires.

3.º Elle augmente, d'un quart environ, dans la sécrétion urinaire, la quantité de l'urée; et d'un tiers, au moins, celle de l'acide urique. Enfin elle double la quantité des sels à base inorganique qui s'y contiennent.

4.º Elle rend plus actives les fonctions de l'estomac et des intestins, et plus facile les phénomènes d'assimilation.

Les deux premiers corollaires ont été constatés d'une manière évidente avant nous par les expériences de quelques physiciens distingués, et furent, il n'y a pas longtemps mentionnés dans un Memoire lu par M. Hiffelsheim à l'Académie des sciences de Paris le 1.er Fevrier 1858. Et comme d'après ces recherches, les procédés et les causes des phénomènes relatifs acquirent un haut degré de precision, ainsi nous ne crûmes pas nécessaire de nous travailler, avec des nouvelles expériences, à rechercher ce qui avait déjà été découvert.

Mais ce qui devait nous fournir un thème d'expérimentations bien plus remarquable et par la gravité des recherches et par l'importance de l'étude, c'étaient les phénomènes exposés dans les corollaires suivans, parce qu'on avait, pour les obtenir, institué expressément les expériences qu'on vient de faire connaitre; parce que personne, jusqu'ici, n'avait songé à entreprendre des recherches de ce genre; parce que, enfin, l'application qu'on pourra faire à la physiologie et à la thérapeutique des résultats possibles, sont tellement importans, qu'ils doivent, nécessairement, ouvrir de nouvelles carrières à l'explication des plus secrets phénomènes de la vie.

L'augmentation de l'urée de l'acide urique et des sels calcaires dans les urines par le moyen de l'électricité, nous avait révélé que celle-ci avait rendu plus actif le procédé de dénutrition auquel celui de nutrition, doit être parallèle à l'état normal. Mais par quelles voies et par quels moyens l'électricité avait-elle accompli ce phénomène?

Voilà ce qui devait donner leur à entreprendre de nouvelles recherches, aufin de fixer les lois genérales qui doivent présider à une telle suite de phénomènes. Voilà ce qui nous poussa à instituer les expériences que nous allon soumettre maintenant au sain jugement des savans.

Dans ces expériences nous avons eu en vue deux objets différens, savoir:

1.º De rechercher les modifications qu'apporte le courant électrique continu dans le procédé de nutrition; nous avons eu en vue, par conséquent, les phénomènes de la digestion et de l'absorption, ainsi que la condition des organes qui les accomplissent, savoir l'estomac, le foie et les intestins; l'état de la sécretion urinaire, biliaire et sanguine.

2.º Les moyens par lesquels l'électricité parvient à produire de telles modifications; on recherecha, par conséquent, si son action s'exerçait directement sur les parenchymes, ou bien si elle agissait plutôt en coulant le long des filamens nerveux, ou en augmentant la puissance des centres ganglionnaires.

3.º On songea enfin à chercher par quels moyens et d'après quelle quantité, le sang prenait part aux phénomènes électro-physiologiques.

Les expériences d'après lesquelles on essaya de parvenir à résoudre ces problèmes, ne manquèrent point d'être fondées sur la comparaison de l'état physiologique, anatomique et chimique des organes et des humeurs d'un animal qu'on soumit à l'action d'un courant électrique, avec l'état des mêmes organes d'un autre animal de la même espèces qu'on n'assujettit pas à l'influence de ce même agent électrique.

Les deux animaux ayant toujours le même age et les mêmes conditions physiologiques, étaient nourris avec la même quantité et la même qualité d'alimens. Bientôt après on les tuait tous les deux à la fois, pour être le sujet de nos abservations anatomiques.

Les électro-moteurs employés dans nos expériences, c'étaient des piles de Daniel. Ces piles, outre qu'elles fournissent un courant plus constant, l'emportent aussi sur celles de Bunsen en ce qu'elles ne laissent pas dégager ces exhalaisons nuisibles qui auraient pu troubler les conditions normales des animaux sur lesquels on voulait diriger nos expérimentations. On a eu soin aussi d'exposer chacune des expériences par ordre de date. Ayant ainsi fait, le lecteur pourra, par ses propres déductions, aller au devant de celles, par lesquelles, en recueillaut les faits obtenus, nous exposerons les resultats de nos recherches.

EXPÉRIENCE 1.er — Dans les jours 25 et 26 du mois d'août de l'année 1857 deux lapins femelles furent nourris séparément avec la même quantité et la même qualité d'alimens.

Le jour suivant on rasa le poile à l'un des deux animaux en deux points opposés, savoir, au milieu du ventre et au milieu de la région dorsale, afin de mettre en contact avec le derme les lames réophores d'un appareil électrique composé de trois gros élémens de la pile de Daniel.

Ces lames recouvertes d'une très légère couche d'éponge imprégnée d'eau acidulée, furent appliquées aux deux points rasés qu'on eut soin de graisser avec de la substance cérébrale ayant la propriété de faciliter l'introduction de l'électricité dans le corps vivant. En outre, l'emploi d'une ligature augmentant le contact entre l'éponge et le derme, donnait plus de force et plus d'énergie au passage du courant à travers le corps du sujet.

L'expérimentation commencée à dix heures du matin se prolongea jusqu'à deux heures de l'après midi. Le galvanomètre compris dans le circuit marquait 60 degrés au commencement, et 45 degrés à la fin de l'expérience.

28 *août*. Le même lapin qui avait été électrisé le jour précédent, nous le désignerons par la lettre E, et qu'on avait eu soin de maintenir, dans les mêmes conditions que l'autre animal, désigné à son tour par la lettre N, fut soumis de nouveau au courant électrique d'après les mêmes moyens et la même manière. Seulement on voulut substituer aux lames et à l'éponge deux petites aiguilles d'or; et cela pour la raison que l'on soupçonnait que la ligature qui les fixait ne pût troubler quelque fonction interne. Mais à peine ces aiguilles furent-elles enfoncées dans le derme, qu'elles excitèrent dans le sujet de si vives douleurs, en sorte qu'il fit défacher, en se débattant, les aiguilles de la peau. Il fallut donc en revenir à l'emploi des lames recouvertes d'éponge. Par leur moyen l'électri-

sation dura sans interruption depuis deux heures de l'après-midi, marquant au galvanomètre 55 degrés.

29 *août*. L'électrisation dura depuis neuf heures un quart jusqu'à une heure un quart de l'après-midi. Pendant ce temps les ligatures n'empêchèrent point l'animal d'achever son repas. Le galvanomètre marquait cette fois 70 à 80 degrés.

30 *août*. L'électrisation se prolongea depuis neuf heures trois quart jusqu'à trois heures de l'après-midi, marquant 75 degrés au galvanomètre.

31 *août*. En ce jour là l'électrisation dura depuis midi moins un quart jusqu'à quatre heures de l'après-midi, marquant 75 degrés au galvanomètre. On extraya, par la pression, l'urine des deux lapins, toujours entretenus d'après le même diététique. En celles du sujet E on rencontra une petite quantité de sucre, dont celles de l'autre animal manquaient tont à fait. Le reste de ce jour et la nuit suivante les deux lapins furent privés de toute nourriture.

1.er *septembre*. A sept heures du matin on administra aux deux lapins 30 grammes d'herbe fraîche. A dix heures l'analyse des urines ne présentait nulle trace de sucre. A dix heures et demie on soumit, comme auparavant, le sujet à l'action du courant qui dura depuis dix heures et demie jusqu'à une heure et demie. On procéda alors à un second examen des urines. Celles du sujet E seulement, à l'aide du réactif cupro-potassique donnèrent pour résultat la présence d'une sensible quantité de sucre.

Dans le reste de la journée et dans la nuit suivante, ni aliments ni boissons furent donnés aux deux lapins.

2 *september*. A sept heures du matin les urines des deux animaux ne présentaient la moindre trace de sucre. A sept heures et demie on leur donna à manger 15 grammes d'erbe fraîche. A neuf heures et demie le sujet E fut de nouveau assujetti à l'action du courant qu'il subit jusqu'à midi et demi. Au but de ce temps ces lapins furent tués

tous les deux à la fois, avec la section de la moelle allongée. La durée totale de l'électrisation avait été de 25 heures environ.

L'autopsie des deux animaux, qui avait eu lieu immédiatement après la mort, donna les résultats que voici.

On constata la présence dans la cavité pleuritique du sujet *E* d'une petite quantité de sérum. La surface de son poumon présentait de petites echymoses éparses çà et là. D'autre part, les mêmes cavités du lapin *N* étaient vides, et le poumon offrait une couleur rose, claire et uniforme. L'examen extérieur du ventricule des deux lapins n'offrait autres différences remarquables que dans le volume, celui du sujet *E* était quelque peu inférieur à celui du ventricule du lapin *N*.

Cette différence doit être attribuée non pas à la diversité du volume de l'organe respectif, mais à la différence du volume des substances qu'il renfermait; puisque celles du premier pesaient 6 grammes 50 centigrammes, tandis que celles du second pesaient 8 grammes 2 centigrammes. On fit la dissolution des parties égales de ces substances dans une égale quantité d'eau distillée, et l'on put ensuite, au moyen de la filtration, parvenir à en obtenir deux liquides jaunâtres, dont celui provenant du sujet *N* paraissait plus épais et plus opaque. Une telle différence donna donc pour résultat, d'après une exacte analyse chimique, la présence en ce liquide d'une très petite quantité d'albumine, d'albuminose et de sucre. De ces trois substances on n'en découvrit la moindre trace dans le liquide provenant des substances en voie de digestion renfermées dans le ventricule du sujet électrisé.

En celui-ci le foie était d'un rouge brun. Le foie du lapin *N* l'était moins. Ayant pris 6 grammes de foie de chacun des deux lapins, après les avoir fractionnés et broyés séparément dans un mortier, on les mêla, dans des vases séparés, à 30 grammes d'eau distillée. On versa ensuite ces deux mélanges en deux petites retortes, et en les portant à la température de 60 degrés environ, ils acquirent des apparences, bien différentes. Le mélange provenant du sujet *E* parut plus opaque et plus laiteux d'un rouge clair tirant sur le jaunâtre; celui tiré du foie du lapin *N* était, au contraire, moins opaque et d'un rouge plus vif.

Ayant ensuite soumis à une nouvelle filtration les liquides que l'on venait d'obtenir, ils présentèrent les mêmes différences de densité et de couleur qu'on avait remarquées dans les décoctions. On divisa ces deux liquides en deux parties distinctes; on infusa dans l'une un mélange d'alcool et d'éther en parties égales, ce qui y produisit la séparation d'une substance graisseuse molle, jaunâtre laquelle se porta a la surface et forma dans le liquide provenant du sujet *E* une couche trois fois plus épaisse que celle que présentait le liquide provenant du lapin *N*. On soumit ensuite l'autre moitié des liquides filtrés à l'action du réactif cupro-potassique; ce qui finit de constater l'existence d'une quantité considérable de glucose dans tous les deux en quantité à peu près égale.

La rate du sujet *E* etait plus noirâtre. Les intestins contenaient des matières fécales plus solides.

Le sérum du sang des deux animaux ayant été dilué par l'eau distillée, fut porté en suite à l'ébullition pour en obtenir l'albumine. Après leur filtration, les mélanges furent traités par la liqueur de Barreswil, qui montra l'existence d'une considérable quantité de sucre contenu en chacun de ces deux liquides. Cependant celui qui provenait du sujet *E* en presentait une majeure quantité puisque un quantité égale de ce liquide réduisait une plus grande mesure de réactif. Ayant ensuite recueilli les urines des deux lapins on les envoya à *M.* le Professeur Truffi pour qu'il déterminât, par une scrupuleuse analyse chimique, la quantité de l'urée contenue en chacune d'elles.

Nous allons transcrire ici les analyses chimiques que *M.* le Professeur a bien voulu nous transmettre.

„ *M.* le Comte Linati a bien voulu me faire remettre
„ deux vases dont l' un marqué par la lettere *E,* conte-
„ nait 18 grammes d' urine provenant d' un lapin, et
„ l' autre, portant à son tour la marque *N,* contenait
„ 40 grammes du même liquide provenant d' un autre
„ lapin.

„ Il était question de savoir la quelle des deux urines,
„ contenait le plus d' urée. Comme j' étais d' avis que
„ d' aprés la méthode reccommandée par M. Millon, on
„ pouvait recueillir des élémens assez exacts pour la so-
„ lution du probleme, ainsi j' eus recours au procédé
„ opératif analytique dont je viens de faire mention.

„ Il consiste en ce que l' on mèle l' urine, proportions
„ gardées, à la dissolution de l' azotate de protoxide de
„ mercure, c' est l' azotite de quelques chimistes, et cela
„ à l' objet de provoquer la décomposition de l' urée qui
„ se divise parfaitement en gaz azote, qu' on néglige, et
„ en acide carbonique dont le poid laisse déduire celui
„ de l'urée.

„ L' exactitude des résultats de cette méthode analytique
„ dépend, comme on peut bien le voir, de l' exactitude
„ par laquelle:

„ 1.º l' acide carbonique se dessèche sur le chlorure de
„ calcium épongeux et tres pur.

„ 2.º tout l' acide est fixé par la dissolution potassique
„ du tube condensateur de Liebig.

„ 3.º on évite le dégagement et l' absorption des va-
„ peurs azoteuse.

„ C' est donc d' aprés de telles considérations que aucune
„ précaution on n' épargnà dans l' examen des deux urines
„ dont il est question, de chacune desquelles on en pesa 18
„ grammes. Ainsi au moyen de cette quantité, l' urine
„ du vase *E* produisit 61 centigrammes d' acide carbonique
„ qui correspondent, d' aprés les indications numériques
„ de *M.* Gerhardt, à 83 centigrammes d' urée. L' urine du
„ vase *N* ne produisit que 37 centigrammes du même

„ acide, qui correspondent à 50 centigrammes d' urée.
„ Comme l' urine *N* pesait 40 grammes lorsqu' elle me
„ fut remise, tandis que dans l' expérience précédente on
„ en employa seulement 18 grammes, ainsi je répétai
„ l' opération de controle sur les 22 grammes qui restaient,
„ et je reconnus que les résultats étaient proportionnels
„ au poids plus grand du liquide urineux employé, puisque
„ l' on obtint 45 centigrammes d' acide carbonique cor-
„ respondant à 61 centigrammes d' urée. De cette manière
„ on démontra parfaitement l' exactitude de l' évaluation
„ opérée sur le 18 grammes de l' urine *N*, et quoique la
„ petite quantité de l' urine *E* ait empêché l' opération de
„ controle, il reste cependant démontré d' une manière
„ probable l' exactitude de la quantité de 83 centigrammes
„ désignant la quantité d' urée des 18 grammes de l' u-
„ rine *E*.

„ Pour que les analyses qu' on vien d' établir soient
„ mieux comparables entre elles, on peut bien en référer
„ les résultats à 1,000 grammes; et nous reconnaîtrons
„ par là que 1,000 grammes d' urine contenus dans le
„ vase *E*, renferment 46 grammes, 10 centigrammes d' urée;
„ et que 1,000 d' urine contenue dans le vase *N*, con-
„ tiennent 27 grammes 80 centigrammes d' urée.

„ On voit donc par ce qui vient d' être exposé, qu' il ne
„ reste que trop constaté que l' urine *E* présentait une
„ quantité d' urée plus grande que celle de l' urine *N*„.

Les faits exposés dans l' expérience précédente, ainsi que
l' analyse qui s' y joint, démontrèrent d' une manière évidente que l' électricité avait rendu plus prompte et plus
facile dans le sujet *E* le procédé digestif: attendu que la
quantité des substances qu' on rencontra dans son estomac,
était moins grande, et encore présentaient-elles une petite
quantité de parties nutritives. L' augmentation de l' activité
du foie fut constatée par la plus grande abondance du
sang qui s' y contenait, par la plus grande abondance de
la bile qui s' y était produite, enfin la plus grande activité

du procédé de nutrition et de dénutrition fut démontrée par l'urée éliminée en plus grande abondance par les reins du sujet *E*. Ces trois faits très importans seront dans la suite confirmés par toutes les expériences suivantes.

EXPÉRIENCE 2.me On renouvela l'expérience précédente sur deux lapins âgés de six mois, issus d'une mère commune. Cette fois aussi on employa le même appareil de Daniel pour produire le courant électrique et du même très sensible galvanomètre pour en mesurer la température.

On soumit à l'électrisation tous les jours pendant trois ou quatre heures de suite l'un de ces lapins. Cela dura six jours ainsi l'on eut un total de 26 heures d'électrisation environ, la quelle bien que sa durée dépassât d'une heure celle qu'avait subi l'animal de l'expérience n.º 1, devait avoir exercé non pourtant une moins grande influence à cause que le galvanomètre avait marqué un nombre moins grand de degrés. Peut-être doit-on attribuer la cause de cette différence à ce que cette fois les deux lapins étaient plus gros et plus âgés.

Avant la sixième et dernière séance on priva les deux lapins de toute espèce de nourriture pendant l'espace de quinze heures. Au bout de ce temps, on introduisit dans le ventricule de chacun d'eux, au moyen d'une sonde de gomme elastique, vingt grammes de lait. A la fin de la dernière séance on tua au même instant lex deux animaux, dont l'autopsie nous présenta les différences que voici.

Il existait une certaine quantité de sérum albumineux dans la cavité péritonéale du sujet *E*. Le volume de son ventricule était plus petit que celui du ventricule du lapin *N*, et la quantité des matières qui s'y contenaient était aussi plus petite d'un tiers. Cela nous portait à croire que la digestion s'était accomplie avec plus de facilité et avec plus de promptitude. Les substances des deux ventricules ayant été alors dissoutes au moyen de l'eau distillée, on les fit passer ensuite par le filtre. De cette manière on en obtint deux liquides présentant à peu près les mêmes apparences, et qui donnérent, pour resultat après avoir été exposés à l'ébullition et traités par l'acide nitrique, la présence d'une fort petite quantité d'albumine en proportions presque égales pour chacun d'eux.

Avant le commencement de la dernière séance on avait vidé la vésie à chacun des deux lapins au moyen de la pression répétée plusieurs fois sur la partie inférieure du bas-ventre. Pendant l'expérimentation on empêcha en tous les deux l'expulsion des urines. Ainsi au moment de l'autopsie, on trouva que la vésie du sujet *E* contenait une majeure quantité d'urine, moins trouble et moins alcaline que celle fournie par le lapin *N*.

La rate du sujet *E* était d'un brun plus prononcé que celle du lapin *N*.

Nous étant mis ensuite à la decouverte du sucre dans les vaisseaux sanguins, nous trouvâmes qu'il en existait une petite quantité dans le sang artériel du sujet *E*, tandis que celui du lapin *N* en était tout à fait dépourvu. Quant au sang veineux de deux animaux, on le tira des cavités droites du coeur, et l'on y retrouva des traces très sensibles de sucre. Cependant, dans l'animal *E*, ces traces étaient plus manifestes, attendu que le réactif cupro-potassique donnait, avec le liquide tiré du sang de ce dernier, un sédiment rouge amaranthe, tandis qu'avec l'autre, le dépôt était en plus petite quantité. Il était en outre d'un jaune blafarde.

Expérience 3.me *Le 9 Octobre*. Voulant porter les effets de l'electricité plus directement sur le nerf grand-sympathique, on apporta à l'expérimentation les modifications qui suivent.

Deux lapins nés d'un même accouchement, ayant 50 jours chacun, furent privés de toute espèce de nourriture pendant 36 heures. Au bout de ce temps on donna à chacun d'eux 15 grammes d'herbe fraîche. Le repas achevé, on pratiqua sur l'un d'eux, à l'endroit de la partie latérale du cou, une incision, en mettant ainsi à découvert le tronc cervical droit du grand-sympatique, que l'on isola des parties contiguës au moyen d'un petit morceau de soie. Le filament nerveux fut mis en communication avec le pôle positif des duex piles de Daniel, et l'on appliqua un autre réophore au milieu du bas-ventre. A peine le passage du courant électrique eut il commencé, qu'il eut lieu une copieuse évacuation de matières fécales. En même temps un tremblement très fort, qui dura une demi-heure, saisit le corps du sujet.

L'intensité du courant qui passait à travers le corps du lapin, éprouva quelques variations, marquant au galvanomètre, compris dans le circuit, tantôt 20, tantôt 30 et tantôt 40 degrés.

La séance eut, cette fois, une durée sans interruption de cinq heures. Au bout de ce temps, on tua les deux lapins moyennant la section de la moëlle allongée.

Le volume du ventricule du sujet E était inférieur d'une moitié à celui du ventricule du lapin N. En effet les substances contenues dans le premier pesaient 13 grammes 40 centigrammes, et celles contenues dans le second 29 grammes 30 centigrammes. Celles-là étaient plus lourdes et plus solides et d'un vert plus clair. Après en avoir fait la dissolution dans l'eau distillée, on fit passer le liquide par le filtre, dans lequel on ne trouva, d'après une analyse soigneuse, aucune trace d'albumine; en revanche, il contenait une petite quantité de sucre. On traita ensuite, par le même procédé, les substances contenues dans le ventricule du lapin N. L'analyse du liquide obtenu constata la présence, en ce liquide, de l'albumine. En outre la réaction du sucre fut démontrée avec évidence au moyen du reactif cupro-potassique. Nul doute que la digestion et l'absorption s'étaient accomplies dans le ventricule E avec plus de facilité et plus de promptitude.

Les matières chymeuses des deux ventricules donnaient une réaction acide; mais celles du ventricule E rougissaient plus vivement le papier de tournesol; ce qui prouve que l'activité de sécrétion du ventricule *E* était devenue plus grande par l'action du courant électrique.

La cystifellée du sujet électrisé présentait un volume deux fois plus grand que celui de la cystifellée du lapin non électrisé pour la raison qu'elle contenait une double quantité de bile, dont la couleur était plus foncé que celle de la bile contenue dans la cystifellée du lapin *N*.

Les urines du sujet *E* étaient rougeâtres, claires et plus abondantes; celles du lapin *N* étaient jaunâtres et troubles. Autant les unes que les autres n'offraient aucune trace de sucre.

Le sang recueilli dans le ventricule droit du coeur du sujet *N* ne contenait point de sucre; celui du sujet *E* recueilli au même endroit n'en contenait que très peu pour la raison, peut-être, que le procédé nutritif s'était accompli avec plus de promptitude.

Les matières fécales contenues dans les intestins du sujet *E* étaient plus solides et en plus petite quantité; ce qui prouve que les parties nutritives y avaient été absorbées plus rapidement.

EXPÉRIENCE 4.me 20 *octobre*. Les résultas obtenus dans l'expérience précédente étaient si importants, qu'ils nous rendirent désireux de les voir confirmés de nouveau. À cet effet, on prit deux lapins du même sexe d'un même âge et d'un même volume, et on les priva de toute sorte d'alimens pendant 36 heures. Au bout de ce temps, on leur donna à manger 40 grammes d'herbe fraiche. Le repas terminé, on mit à découvert, comme auparavant, le tronc cervical du grand-sympathique droit de l'un de ces animaux. On isola ensuite le tronc des parties adhérentes pour le mettre en communication avec la réophore cuivre de deux piles de Daniel, tandis qu'on appliqua l'autre réophore, au moyen d'un disque métallique, au milieu de l'abdomen préparé suivant le procédé ordinaire. Le courant passait ainsi à travers le corps du sujet, marquant au galvanomètre compris dans le circuit 70 degrés.

Après un quart d'heure quelques mouvemens brusques du sujet déterminèrent la rupture du filament nerveux. Alors, ayant isolé le pneumo-gastrique du même côté, on joignit à celui-ci le réophore d'abord appliqué au grand-sympathique. De cette manière le courant pénétrait dans le corps de l'animal, marquant au galvanomètre 85 degrés.

Après quatre heures et demie d'électrisation, on tua les deux lapins au moyen de la section de la moëlle allongée. Voici les résultats qu'on s'empressa de constater.

Les poumons du sujet électrisé étaient d'un rouge gris; ceux du lapin non électrisé avaient une couleur blanche et rose uniforme. Les premiers étaient même oedémateux; mais le lobe inférieur du poumon droit celui qui correspondait au nerf électrisé, l'était davantage. Il était en outre engorgé de sang noirâtre, tandis que le poumon gauche ne contenait que très peu de sang, mais en plus grande quantité cependant que les poumons du lapin *N*.

La trachée du sujet *E* offrait des traces manifestes des congestion; et dans le point de sa bifurcation on y rencontra deux ou trois foyers d'hémorrhagie sous-muqueuse. En celle du lapin *N,* offrant une couleur rose uniforme, on n'y rencontra point l'oedème qui existait en plusieurs points de la trachée du sujet électrisé.

Dans le diaphragme de celui-ci on remarqua plusieurs vaisseaux pleins de sang; bien plus, l'aponévrose de ce muscle était devenue rougeâtre.

Le ventricule du sujet *E* était fortement contracté sur lui-même, et son volume était trois fois plus petit que celui de l'autre ventricule *N*. Une telle différence provenait, sans doute, de la diverse quantité d'alimens contenus en chacun d'eux; car dans le primier ces substances alimentaires pesaient 18 grammes, tandis que celles contenues dans le second pesaient 38 grammes 40 centigrammes.

Il se trouva que la couleur de l'extérieur du ventricule et des intestins variait beaucoup dans les deux lapins. Elle était normale chez le sujet *N*, et rougeâtre chez le lapin *E;* et cela à cause de la plus grande réplétion des vaisseaux capillaires lesquels, à l'endroit où ils correspondaient au grand culde-sac du ventricule, ainsi que dans le duodénum, étaient tellement engorgés qu'ils faisaient croire à une congestion inflammatoire. Cet engorgement avait aussi gagné la muqueuse de l'estomac et celle du duodénum.

Le foie de l'animal *E* présentait une couleur rougeâtre; celui du lapin *N* était d'un rouge plus clair.

Les reins du premier étaient plus fortement colorés; ceux du second offraient une teinte plus blafarde. En outre, ils ne contenaient que très peu de sang, et on ne rencontra pas en eux cette vive congestion qui on avait observée en ceux du lapin électrisé, dans le point de réunion de la substance corticale avec la tubulaire.

La vésie du sujet *E* contenait des urines transparentes, claires, d'une couleur citrine, et dont la quantité était trois fois plus grande que celle des urines contenues dans la vésie du lapin *N*, quoiqu'on eût en soin, avant de commencer l'expérience, de vider la vésie à chacun des deux lapins, moyennant la pression externe. L'examen qu'on fit de ces urine constata l'absence du sucre. A peine les deux lapins furent-ils tués on serra avec un lacet les deux veines caves inférieures au-dessous du point où a lieu dans les mêmes l'ouverture des veines hépatiques. Cela fait, on pratiqua une incision au-dessus de la ligature pour en recueillir le sang qui en sortait, tout en comprimant le foie et le coeur. Procédant ensuite à la dissolution du sang tiré des deux lapins, par le moyen de l'eau distillée, on voulut obtenir la coagulation de l'albumine par l'action de la chaleur. Procédant depuis à la séparation de la partie liquide par la filtration, on décolora ce même liquide avec de la poudre de charbon, et on le traita après avec le réactif cupro-potassique. Il résulta, d'apres l'analyse, que dans le liquide appartenant au sujet non électrisé la présence du sucre était douteuse; le liquide provenant du sujet électrisé offrit, au contraire, une couleur jaune plus prononcée, et forma un sédiment rougeâtre.

Dans les quatre expériences précédentes on employa toujours trois seuls élémens de l'appareil électrique de Daniel, qui produisaient un courant pas beaucoup énergique. Désirant donc d'obtenir par l'emploi d'un courant plus puissant des effets plus grands, on songea, par conséquent, à répéter les mêmes essais par le moyen d'un plus grand nombre d'élémens. A cet effet, on doubla leur nombre, ayant soin de choisir les meilleurs et les plus exacts, qu'on apprêta avec une telle diligence, que le courant électrique qui en provenait était tellement énergique qu'il marquait, pendant son passage à travers le corps du sujet 90 degrés à un galvanomètre sept fois moins sensible que celui dont on s'était servi auparavant. La méthode employée dans les expériences suivantes ne varia point; et autant dans celles-ci que dans les quatre précédentes, on retourna à rebours de temps à autre les pôles de la pile. Afin de reconnaitre si la marche du courant ne pourrait pas exercer quelque influence sur la nature et sur la gravité des effets. Mais, ainsi que nous le verrons dans la suite, la marche diverse du courant n'apporta a ces mêmes effets aucune différence sensible.

Expérience 5.me Deux lapins d'un même âge furent nourris pendant trois jours avec la même quantité et la même qualité d'alimens. Le quatrième jour 29 mars 1858 on soumit l'un de ces animaux à l'influence d'un courant électrique continu provenant de six gros élémens de l'appareil électrique de Daniel. Son application eut lieu, comme à l'ordinaire, au moyen de deux plaques métalliques dont on plaça l'une au milieu de la région dorsale et l'autre au milieu du ventre. On répéta une telle expérience trois jours de suite, ayant soin de la commencer toujours après le repas des deux lapins, lequel, comme celui du soir, était composé de la même quantité et de la même qualité d'alimens, savoir de 70 grammes d'herbe fraîches pour chaque animal. Dans la même journée on leur donna à manger le seul repas du matin et ils ne mangèrent plus pendant le reste de la journée ni dans la nuit suivante. Dans la matinée du septième jour on donna à chacun des deux lapins 30 grammes d'herbe fraîche. Le repas achevé, on soumit le même lapin à l'action du courant électrique pendant quelques heures. L'électrisation eut, cette fois, une durée de 27 heures.

Voici les différences qui résultèrent de l'analyse anatomique comparative des deux lapins.

Les vaisseaux chylifères du sujet E étaient plus manifestes et plus apparens que ceux du lapin N, parce qu'ils étaient plus volumineux et plus blanc.

Ayant procédé à l'exportation des ventricules au moyen de l'incision pratiquée dans l'aesophage et dans le duodénum pour en reconnaître le poids, il se trouva que celui du sujet N pesait 38 grammes 60 centigrammes; et celui du sujet E 19 grammes 80 centigrammes. On en fit ensuite l'ouverture pour en peser les substances qui s'y contenaient. Celles contenues dans le ventricule N pesaient 23 grammes 50 centigrammes, celles contenues dans le ventricule E 5 grammes 50 centigrammes. La muqueuse de ce dernier était plus rouge que celle du premier, notamment à l'endroit correspondant au grand cul-de-sac. Ayant pris des parties égales de substances chymeuses de ces deux ventricules, on en fit la dissolution au moyen de l'eau distillée, où on les laissa pendant quelques heures; après quoi on les fit passer par le filtre. Du liquide qu'on en tira on ne exposa une moitié à l'ébullition; on introduisit dans l'autre moitié de l'acide nitrique. Ainsi, autant par l'un que par l'autre procédé, eut lieu la formation dans le liquide fourni par le lapin N, de plusieurs petis flocons blancs qui précipitèrent lentement au fond du vase, où ils laissèrent un dépôt blanchâtre. Le liquide provenant du sujet E garda, au contraire, sa première limpidité et sa première transparence; ce qui démontra évidemment que l'albumine provenant des alimens avait été entièrement absorbée dans ce dernier. En effet, les matières contenues dans le ventricule E, outre qu'elles étaient beaucoup moins copieuses, n'étaient formées, pour le plus, dans leur ensemble que de la partie plus solide et plus lourde, je dirais, presque ligneuse de l'erbe mangée; tandis que celles contenues dans le ventricule N ressemblaient à une bouillie visqueuse homogène, car elles contenaient encore les parties digestives et assimilables des aliments.

En considérant les différences notables qu'on rencontra dans la quantité des matières contenues dans les deux ventricules, nous fûmes portés à croire que le courant électrique, quoique continue, avait pu renforcer les contractions de l'estomac, en sorte que les alimens avalés par le sujet électrisé eussent été expulsés plus tôt des intestins grêles; et qu'en conséquence de cela, il fallût attribuer plutot à une circonstance mécanique la plus petite quantité des alimens dont il est parole, qu'à une accélération de la digestion et de l'absorption. Afin donc de dissiper ces doutes, on voulut détacher dans les deux lapins une portion considérable mais égale, des intestins grêles en commençant d'abord par le duodénum. Ayant procédé ensuite à en recueillir avec diligence le contenu, il se trouva que les substances provenant des intestins du lapin N, pesaient 3 grammes 60 centigrammes; ce qui

démontra que dans ce dernier l'absorption avait été plus
active, et qu'en conséquence les effets obtenus dépendaient
de l'exaltation physiologique des organes de la digestion.

Avant d'entreprendre la dernière électrisation, on avait
eu soin de vider la vésie aux deux lapins et d'empêcher
l'expulsion des urines pendant une telle opération. D'a-
près l'analyse anatomique, on trouva chez le sujet E 30
grammes 51 centigrammes d'urine transparente, jaunâtre,
un peu alcaline et présentant une petite quantité de sucre.
Chez le lapin N on n'en trouva que 12 grammes, et encore était-elle trouble et fort alcaline, ainsi qu'on l'ob-
serve d'ordinaire chez les animaux herbivores. Outre cela,
elle était tout à fait dépourvue de sucre.

Les reins du sujet E offraient une couleur plus foncée
et contenaient une plus grande quantité de sang.

Notre examen analytique se porta aussi sur le sang tiré
en quantité égale au moyen de la piqûre de l'oreillette
droite du coeur. Le sang du sujet E se coagula complétement en huit minutes; la coagulation du sang de l'animal N se fit un peu plus lentement. La même différence
se fit remarquer aussi dans le sang répandu dans le thorax
et dans le bas-ventre.

EXPÉRIENCE 6.me Le jour 8 avril 1858 on voulut répéter, sans y apporter aucune variation, l'expérience précédente sur deux vieux lapins d'un même âge et d'un même
volume. Mais l'indocilité de l'animal soumis à l'influence
de l'électricité exigea l'emploi d'un plus grand nombre
de lacets qu'on serra plus fortement. On assura particulièrement la ligature qui fixait les deux plaques réophores.
Toute fois ces precautions n'empêchèrent point le sujet
de faire des mouvemens brusques et violens; ce qui causa,
d'un côté, une agitation presque fiévreuse chez l'animal,
et de l'autre de fréquentes interruptions de l'action du
courant électrique. C'est donc à toutes ces circonstances
qu'il faut attribuer le peu d'intérêt des résultats obtenus

de cette expérimentation, ce qui n' empêchera pas, néanmoins, qu' on n' en fasse un rapport exact et fidèle.

L' électrisation eut lieu pendant cinq jours. Sa durée totale fut de 17 heures.

Les alimens contenus dans le ventricule du lapin N pesaient 13 grammes 50 centigrammes; ceux contenus dans le ventricule du sujet E pesaient 12 grammes 20 centigrammes.

On procéda ensuite à la dissolution dans l' eau distillée des matières chymeuses des deux ventricules ainsi qu' à leur filtration. Ces opérations achevées, il se trouva que les unes autant que les autres offraient la même quantité d' albumine.

Le foie du sujet électrise contenait une plus grande quantité de sang, et sa cystifellée était remplie d' une bile visqueuse et jaunâtre. Celui du lapin non électrisé offrait une couleur moins foncé et sa cystifellé était presque dépourvue de bile.

Les reins du premier étaient, d' un rouge plus prononcé, tandis que ceux du second étaient jaunâtres.

Les deux vésies contenaient presque la même quantité d' urine. Ces urines étaient troubles et alcalines. Celles du sujet E ayant été traitées avec l' acide nitrique, on retrouva qu' elles contenaient beaucoup d' albumine qui après avoir précipité au fond du vase, forma un dépôt quatre fois plus épais que celui qui s' était formé de la même manière dans les urines du lapin N. En outre, elles contenaient même une petite quantité de sucre.

La coagulation du sang des deux animaux s' était opérée d' une manière égale.

La quantité du sucre contenu dans le sérun du sang du sujet E était fort sensible. On n' en trouva que des faibles traces dans le sérun du sang du lapin N.

Il est bon de remarquer que, dans cette expérience les résultats obtenus ne diffèrent pas essentiellement de ceux qu' on observa dans les expérience précédentes, quoique, cette fois, des circonstances défavorables eussent troublé la marche de nos opérations. On retrouva dans le ventricule du sujet *E* une plus petite quantité d'alimens. En outre, la diversité des couleurs qu'on remarqua dans le foie et dans les reins, démontra que l'activité de ces viscères avait été plus énergique que d'ordinaire. Il est hors de doute que, sans l'action de l'électricité, la compression qui avait eu lieu sur le ventricule aurait retardé l'action des fonctions digestives, et qu'en conséquence de cela, la quantité des matières recueillies dans le ventricule du sujet *E* aurait été plus copieuse que la quantité des matières recueillies dans le ventricule du lapin *N*. Mais, ainsi qu'on a pu le voir, le contraire a eu lieu.

EXPÉRIENCE 7.me Comme dans les expériences précédentes, cette fois encore on choisit deux lapins d'un même sexe et d'un même âge pour être le sujet de nos expérimentations. On soumit le jour 15 avril un de ces lapins à l'action du courant électrique, et on répéta l'électrisation tous les jours pendant quatre heures de suite. Le 21 du même mois on s'arrêta. Le sujet avait ainsi subi une électrisation de la durée de 30 heures. Dans le même jour l'on donna aux deux lapins, à 7 heures du matin, 50 grammes d'herbe fraîche, après quoi on ne leur donna plus aucune nourriture jusqu'à la même heure du jour suivant. Cette fois encore on leur fournit la même quantité d'alimens. Le repas achevé, on soumit de nouveau à l'électrisation le même lapin. A la fin de la séance, on procéda à l'ouverture des artères crurales des deux lapins, on recueillit en deux récipiens d'une même forme 15 grammes de sang, après quoi on les laissa mourir par suite de l'hémorrhagie. L'autopsie présenta les résultats suivans.

Le volume du ventricule du sujet *E* était trois fois plus petit que celui du ventricule du lapin *N*. Les matières contenues dans le premier ne pesaient que douze grammes quarante centigrammes, tandis que celles contenues dans le second pesaient vingt-dix centigrammes. Les premières étaient formées de la partie plus solides et plus ligneuse des alimens; elles étaient en outre plus sèches et moins glutineuses de façon qu' elles se fractionnaient facilement. Elles avaient une couleur verte plus claire. Les secondes, au contraire, étaient molles, homogènes, glutineuses, composées, pour le plus, d' alimens qui paraissaient fort broyés, qui étaient en voie de digestion et reduits à l' état chymeux.

On remarqua que ces caractères étaient plus manifestes dans les matières qui avoisinaient le pylore. Celles du grand cul-de-sac, au contraire, avaient plus d' affinité avec celles qui contenait le ventricule de l' autre lapin.

Ayant ensuite procédé à la dissolution de deux portions égales de ces substances au moyen de l' eau distillée, et les ayant fait passer par le filtre, on en obtint deux liquides qui présentaient un aspect différent. Le liquide appartenant au sujet E était blanc et fort transparent; celui qui provenait du lapin N était jaunâtre et opaque. Le premier porté à l' ébullition, conserva sa limpidité, il se forma dans l' autre des flocons albumineux d' une couleur blanchâtre.

Le foie du sujet électrisé était plus noir, et sa cystifellée contenait une majeure quantité de bile plus épaisse que celle contenue dans la cystifellée du foie de l' animal non électrisé.

Les reins du sujet E étaient plus fortement colorés. Les urines étaient limpides et d' un jaune prononcé. Celles qui provenaient du lapin N étaient, au contraire, troubles, d' un jaune plus foncé, pleines de flocons, et parfaitement alcalines.

Ni les premières, ni les secondes, n' offraint la moindre trace de sucre.

Les matières fécales étaient en plus grande abondance chez le lapin N.

La coagulation du sang des deux animaux s' opéra dans le même espace de temps. La fibrine sèche des 15 grammes du sang recueilli avant la mort du sujet *E*, pesait 29 milligrammes, celle de l'autre animal 27.

Dans le sang des deux lapins on ne rencontra la moindre trace de sucre.

Expérience 8.me Le jour 23 avril eut lieu une autre expérience d'après la même méthode suivie jusqu'ici. Seulement l'électrisation préparatoire ne dura, cette fois, que 17 heures. Au surplus, les deux lapins avaient été privés de toute espèce d'alimens pendant 35 heures avant qu'on leur fournît le dernier repas.

Voici les résultats obtenus dans cette expérience.

Le volume du ventricule appartenant au lapin non é-lectrisé, était deux fois plus considérable que celui du ventricule du sujet électrisé, à cause de la différente quantité des matières qu'il contenait. En effet, les substances contenues dans le premier ventricule pesaient 30 grammes 40 centigrammes; celles du second 13 grammes 50 centigrammes. Ces dernières étaient solides sèches et friables. Les ayant mises dans un vase contenant de l'eau distillée, elles se séparèrent d'elles-mêmes, et précipitant au fond du vase, elles y laissèrent un dépôt vert tirant sur le noir, en laissant le liquide superposé un peu trouble et jaunâtre. Les substances appartenant à l'autre ventricule, quoiqu'elles fussent moins solides que celles du premier, avant leur immersion dans l'eau distillée, ne se séparèrent point. Aussi fallut-il se servir d'un tube de verre pour les détremper et les mêler à l'eau; précipitant alors au fond du vase, elles y laissèrent un dépôt qui n'était distinctement séparé du reste du liquide, comme cela était arrivé dans l'autre. En outre, son liquide resta trouble, épais et verdâtre. Ayant depuis procédé à la filtration des deux mélanges, on put constater avec plus d'évidence que les substances du ventricule *E* étaient, comme à l'ordinaire, composées des parties indigestes des alimens, c'est à-dire, de celles qui avaient résisté à la force digérante du ventricule et qui auraient passé dans les intestins, pour être expulsées en matières fécales. Les parties qui avaient pu subir l'influence de la digestion, étaient déjà complétement digérées et absorbées. Le chyme du ventricule *N* contenait encore, au contraire, la plus grande partie des substances assimilables lesquelles, n'étant pas encore digérées, ni absorbées, rendaient la masse chymeuse bien plus abondante, plus glutineuse et plus molle. Les deux liquides obtenus par le moyen de la filtration, offraient un aspect bien différent. Celui qui provenait du sujet électrisé devint clair, limpide et presque incolore; celui que fournit le lapin non électrisé était opaque, trouble et rougeàtre. Portés à l'ébullition et traités depuis avec l'acide nitrique concentré, ils prirent des apparences diverses; le premier ne présenta aucune variation, il se forma dans le second de flocons albumineux. Les substances restées dans les filtres composées de toutes les parties insolubles du chyme, furent desséchées, après quoi on les pesa. Celles du lapin *N* furent reduites à 16 grammes 50 centigrammes; celles du sujet *E* à 5 grammes 20 centigrammes.

Le foie et les reins du lapin électrisé étaient d'une couleur plus foncée que ceux du lapin non électrisé. Cependant cette fois une telle différence n'était pas si manifeste, qu'elle l'avait été en quelques unes des expériences précédentes. Le volume des cystifellées était le même dans l'un et dans l'autre lapin.

Les urines du lapin électrisé étaient transparentes, et contenaient une très petite quantité de sucre. Celles du lapin non électrisé étaient troubles, et n'offraient la moindre trace de sucre. Celles du premier pesaient 10 grammes 20 centigrammes celles du second 7 grammes 80 centigrammes.

Maintenant si l'on cherche à comparer les résultats tirés de l'analyse anatomique des huit animaux électrisés avec ceux qu' a fourni l' autopsie des autres lapins non électrisés, et si l' on tâche de considérer quelques uns des phénomènes observé dans ces mêmes animaux avant leur mort, on y trouvera une suite de faits qui, pour être toujours constans et évidens, permettent aisément de pouvoir tirer des expériences exposées les très importantes conclusions que voici.

Le courant électrique, lorsqu' il agit longtemps sur les organes innervés par le grand-sympathique détermine en eux les résultats suivans.

1.er *corollaire*. Il accélère tellement les fonctions digestives de l' estomac, que cet organe transforme et opère la digestion des alimens d' une manière trois fois plus rapide qu' à l' ordinaire.

Cela se deduit

(a) par la présence d' une moindre quantité d' alimens dans le ventricule des animaux électrisés.

(b) par ce qu' on ne peut pas attribuer ce fait à la plus grande énergie des mouvemens de l' estomac, ni même à l' augmentation de sa force expultrice car le duodénum contient du chyle en quantité égale ou moindre.

(c) par ce que les matières réstées dans l' estomac sont exclusivement formées de cette partie indigeste des alimens, laquelle doit presque toute être éliminée avec les matières fécales, tandis que la partie assimilable etait déjà digérée et absorbée.

(d) par la plus grande acidité du chyle.

(e) par ce que la congestion de la muqueuse du ventricule est plus forte.

(f) par ce que l'on a observé plusieurs fois que l'animal soumis à l'électrisation dévorait, après l'avoir subie, avec plus d'avidité et de célérité la même quantité d'alimens qu'on donnait à l'animal non électrisé qui était là pour servir à la comparaison de nos observations, quoique l'un et l'autre eussent achevé leur repas précédent à la fois.

Comme on le voit, les faits que nous venons d'exposer sont suffisans pour faire ressortir la vérité de la première proposition. Cependant ils sont loin de nous révéler la manière précise suivant laquelle le phénomène doit avoir lieu. Nous savons que dans la digestion stomachale on doit considérer des élémens divers d'actions, dont quelques uns proviennent directement du viscère, comme le mouvement et les sécrétions; les autres, quoique excités par les élémens de la sécrétion, comme la pepsine et l'acide libre, sont simplement des élémens chimiques et indépendans du ventricule ayant, par conséquent, la propriété de s'accomplir dans un récipient quelconque. Le courant électrique pourrait bien, lorsqu'il produit les effets dont il est parole, agir ou sur les uns ou sur les autres, ou bien sur tous les deux à la fois. C'est donc pour dissiper nos doutes et pour aboutir à la solution d'une question si importante que nous avons institué les deux expériences suivantes, dont les résultats s'ils n'ont pas reussi à résoudre le problème qui nous occupe en ce moment, sont de nature, cependant, à en faciliter la solution.

Expérience 9.me On plongea dans un bain-marie, maintenu à une température .de 30 à 40 centigrades deux petits verres contenant une égale quantité de suc gastrique qu' on tira du ventricule d' un chien immédiatement après lui avoir donné la mort, et auquel on avait donné à manger quelques pièces d' os. Ce suc était presque limpide, possédait quelque peu l' odeur qui le caractérise et avait une réaction acide peu énergique. On mit en digestion dans ce suc deux petits morceaux de viande cuite de la même forme et du même poids. On appliqua à l' un des verres un élément de la pile de Selmi, de manière que les extrémités des deux réophores formés de deux épingles d' or pénétrant dans le verre, fussent plongés dans le liquide et serrassent entre elles le morceau de viande.

La digestion ayant duré cinq heures, la viande du verre électrisé était devenue ramollie et plus blanche, tandis que celle du dernier récipient n' avait subi aucune altération. On attribua la lenteur de la digestion à la faible acidité du suc gastrique. On tâcha d' y remédier en ajoutant aux deux récipiens quelques gouttes d' acide chlorydrique délayé. De cette manière la digestion acquit plus de force particulièrement dans le verre électrisé où la séparation des faisceaux musculaires de la viande s' opéra plus promptement. Un accident inopiné survint à interrompre l' expérience.

Expérience 10.me Dans le même bain-marie on plongea, cette fois, un petit creuset de platine ainsi qu' un petit verre, ayant presque la même forme et la même capacité, et dans lesquels on mit dix grammes de suc gastrique et deux grammes de viande. Puis on mit les parois du récipient métallique en communication avec le pôle cuivre de la pile de Selmi, tandis qu' on enfonça dans le morceau de viande le pôle zinc.

A' onze heures du matin on porta la température du bain-marie a 30 degrés, et on tâcha de l' y maintenir pendant tout le temps de la durée de l' expérimentation.

A une heure de l'après-midi le morceau de viande électrisée avait acquis une couleur plus claire, et était devenu plus ramolli à sa surface; le morceau de chair contenu dans l'autre récipient avait conservé la couleur qui lui est propre et sa consistence avait été très peu modifiée même à l'endroit de sa périphérie.

A trois heures le premier morceau de chair s'était ramolli et enflé davantage, les fibres musculaires s'étaient séparés et tendaient à se disgreger. On trouva le second dans le même état où l'on avait trouvé le premier deux heures avant.

A quatre heures on aperçut à la surface du liquide contenu dans le creuset, nager des gouttelettes d'huile qui s'étaient dégagées de la digestion des parois des cellules adipeuses.

A six heures le liquide du récipient électrisé avait pris une couleur blanchâtre et plus opaque que l'autre; le nombre et le volume des gouttelettes, qui nageaient dans sa surface, avaient augmenté.

Les parties superficielles du morceau de chair avaient acquis une plus faible consistence, et tendaient à se séparer. L'autre morceau de chair était ramolli et divisé, lui aussi, mais d'une manière moins sensible, et la dissolution des parties de la périphérie n'avait pas encore atteint le degré qu'elle avait atteint dans l'autre morceau de viande.

Dans le liquide non électrisé on remarqua pareillement la présence de quelques gouttelettes huileuses qui étaient cependant plus petites et moins nombreuses.

Ayant par inadvertance, échauffé le bain-marie jusqu'à l'ébullition, il fallu suspendre l'expérimentation.

Ces deux faits, quoique imcomplets, suffisent, cependant, à fare ressortir une vérité importante. Savoir, que l'acide libre et la pepsine du suc gastrique agissent plus efficacement sur les substances albumi-

nenses, lorsque leur contact a lieu sous l'influence
d'un courant électrique continu. Toute fois on ne
pourrait pas, à la vérité, attribuer à ce fait les
résultats que nous venons d'obtenir relativement à
la digestion, dans les expériences faites sur les animaux vivans; car en ceux-ci, la rapidité de la digestion a été beaucoup plus grande qu'elle ne l'a-
vait été dans les digestions artificielles. Comme l'é-
lectricité, ainsi que nous le verrons dans la suite,
a aussi la faculté d'augmenter les sécrétions, ainsi
elle doit augmenter également celles de la muqueuse
de l'estomac. D'où l'on en conclu que la plus grande quantité de suc gastrique, qui, sans nul doute,
s'était produite dans les animaux galvanisés, a dû
nécessairement contribuer à produire les effets que
l'on a observés dans les huit premières expériences.
D'après cela, on peut donc conclure que le courant
électrique continu agit comme un stimulant autant
sur la partie vitale que sur la partie chimique de la
digestion.

2.ᵉ *corollaire.* Le courant électrique a la faculté de
rendre plus efficace l'absorption de l'estomac, ainsi
que le prouvent:

  (*a*) la prompte absorption de l'albumine et du
sucre qui se forment dans le ventricule aux dépens
des alimens.

  (*b*) la diffusion plus rapide du sucre dans le
torrent de la circulation et dans les urines.

  (*c*) la plus petite quantité d'eau qui se trouve
dans les substances du ventricule qui deviennent pour
cela dures et friables.

5.e *corollaire*. Le même courant rend aussi plus active l'absorption des intestins, comme on peut le déduire des faits suivans, savoir.

(a) Qu'on ne trouve pas en eux une plus grande quantité de chyme bien qu'ils en aient reçu de l'estomac une plus grande quantité à cause, de la plus grande activité de cet organe.

(b) Que les matières fécales sont plus unies et plus solides.

(c) Que les vaisseaux chylifères et ceux particulièrement qui naissent de la partie supérieure des intestins contiennent du chyle en plus grande quantité et sont plus visibles et plus blancs.

Ces faits, bien qu'ils tendent à démontrer la plus grande activité des vaisseaux chylifères, ne prouvent pas également que l'électricité exerce une influence égale sur les vaisseaux lymphatiques ou sanguins qui opèrent l'absorption intersticielle dans les tissus. Cependant si la seule analogie nous porte à croire que ce qu'il arrive dans les vaisseaux chylifères par l'action de l'électricité a lieu aussi par cette même influence dans les autres vaisseaux absorbans, l'expérience suivante va nous le démontrer avec évidence.

EXPÉRIENCE 11.me Ayant pris deux grenouilles d'une même grosseur on les fixa sur une table le ventre en haut. On appliqua à l'une d'elles un réophore d'une pile, composée de deux élémens de Selmi, à la partie postérieure du cou, tandis qu'on mit l'autre en communication avec l'extrémité d'une jambe. De cette manière le courant électrique passait à travers le corps du sujet marquant 30 dégrés au galvanomètre.

Ayant depuis ouvert la poitrine et le ventre des deux grenouilles et mis à nu une partie des muscles d'une cuisse que, dans la grenouille électrisée, etait la même par où passait le courant électrique, on appliqua sur ces muscles un petit morceau d'éponge imbibée de cyanure jaune de potasse, ayant soin d'arroser de temps à autre les poumons avec une solution de sulphate de fer.

Après dix minutes on vit la sommité du poumon de l'animal électrisé acquérir manifestement une couleur bleuâtre. Chez l'autre animal, au contraire, ce phénomène n'eut lieu qu'après vingt-cinq minutes.

4.ᵉ *corollaire*. Le courant électrique augmente l'activité des deux plus importantes fonctions du foie, savoir, la sécrétion de la bile et la formation de la substance sucrée. Et cela se déduit:

(a) De l'état de forte congestion sanguine où se trouve cet organe;

(b) De la plus grande quantité ainsi que du plus grand épaississement de la bile contenue dans la cystifellée;

(c) De la présence d'une plus grande quantité de sucre dans le sang artérieux et veineux et dans les urines,

Cet état diabétique temporaire ne peut pas être confondu avec celui qui a lieu régulièrement en certains animaux quelques heures après leur repas, car, en ce cas, il devrait ainsi avoir eu lieu dans l'autre animal maintenu dans les mêmes conditions que le premier.

Il est bien vrai qu'on retrouva aussi quelquefois dans le sang et dans les urines du lapin non électrisé de très légères traces de sucre, mais en quantité, cependant, toujours plus petite. Bien plus, la présence de cette substance dans les urines fut toujours passagère. On put constater cela avec certitude après quelques unes des électrisations préparatoires, dont plusieurs rendirent diabétiques les lapins pendant trois ou quatre heures, tandis que les autres animaux, même après leur repas, ne furent jamais rendus diabétiques, ou ils le furent légèrement et pour un temps plus court.

5.ᵉ *corollaire*. Les fonctions des reins aussi viennent modifiées par l'électricité autant sous le rapport de la quantité que sous celui de la qualité de la sécrétion. L'organe s'approprie en plus grand quantité le sang qu'il reçoit des artères duquel il tire une plus grande quantité de matériaux urineux, les quels, comparés a ceux qui se produisent ordinairement, contiennent, dans une plus grande proportion, de l'urée et de l'acide urique. Ce qui rendit plus manifeste l'activité de ces organes ce fut l'augmentation de l'urine qu'on trouva, dans un égal espace de temps, en plus grande quantité chez l'animal électrisé, et non pas la plus grande proportion d'urée et d'acide urique. Ces deux substances sont tirées du sang par les reins en raison de la plus ou moins grande quantité dans laquelle elles y sont produites. En outre, leur augmentation dans les urines loin de désigner un accroissement de la sécrétion urinaire, indique, au contraire, leur surabondance dans le sang à cause de la plus forte énergie qui accompagne les actes qui ont pour dernier résultat la formation de ces mêmes substances.

6.e *corollaire*. Nous voilà arrivés enfin à la plus importante d'entre les conséquences de l'emploi du courant électrique continu sur les animaux vivans. L'excès d'urée, qu'on a retrouvée à l'aide de l'analyse chimique dans les urines de l'animal soumis à la première expérience, vient appuyer d'une manière la plus évidente tout ce que nous avons avancé dans notre Mémoire publié en 1857, et doit être considéré, comme une conséquence nécessaire du mode avec le quelle le courant électrique continu agit sur les fonctions principales de la vie organique. Si la digestion, l'absorption, les fonctions des glandes mésentériques et du foie, les sécrétions et la circulation redoublent d'énergie et préparent pour le procédé nutritif une plus grande quantité de matériaux, et si ces matériaux sont ensuite expulsés de l'organisme en quantité plus grande que d'habitude après avoir subi les modifications que peut leur imprimer le procédé de nutrition, il est hors de donte que les deux actes aussi qui constituent ce procédé, celui de composition et celui de décomposition, doivent, eux aussi avoir acquis une force plus grande que d'ordinaire; et c'est pour la même raison que les oxidations, les dédoublemens et les catalyses qui servent à leur composition doivent aussi s'accomplir avec plus de promptitude et d'activité.

Maintenant il ne reste plus qu'à rechercher par quels moyens le fluide électrique peut exercer cette influence, qui dépasse en énergie celle de tous les autres agens dont on a connaissance. Dans le procédé de la vie organique, il faut considérer deux faculté actives distinctes.

L'une, localisée dans les élémens anatomiques primitifs, contribue à ce qu'ils se développent; s'entretiennent, se transforment, et se reproduisent aux dépens des substances alimentaires, qu'eux-mêmes ont le pouvoir de convertir en substances ayant la même nature qu'eux; et qu'après les avoir fait servir pour un certain temps à l'exercice de leurs propres fonctions, ils les réduisent, par le moyen des phénomènes catalytiques à un état de plus simple combinaison cristallisable. Cette activité qui réside dans les formes élémentaires outre qu'elle contribue puissamment à ce que chacune d'elles accomplisse les deux actes de composition et de décomposition d'une manière toute particulière est aussi déstinée à entretenir en chacune d'elles une aptitude physiologique distincte.

Par son moyen, les élémens de chaque organe glandulaire donnent lieu à la formation d'une sécrètion qui n'a aucune ressemblance avec les autres; par son moyen, les fibres musculaires se contractent; par son moyen, les cellules des épitélium se laissent imboire plutôt d'une substance que d'une autre, et leurs cilles se meuvent; enfin, c'est encore par son moyen que les cellules spermatiques contribuent par leur mouvement à la fécondation; que les globules du sang absorbent évidamment l'oxigène, et permettent à l'acide carbonique de se dégager, et que la fibre nerveuse peut se prêter à la transmission de l'agent nerveux.

L'autre faculté active, c'est la puissance nerveuse du système ganglionnaire qui met en action les

propriétés particulières de chaque élément anatomi
que, qui les lie et les réunit de manière à en faire
résulter les aptitudes propres aux fonctions des tissus,
des organes et de système; qui harmonise leurs fonctions disparates, de façon que toutes puissent con-
spirer à un seul but et garder entre elles ce juste
équilibre de sympathie et d'antagonisme nécessaires
à l'accomplissement normal de l'action complexe de
l'organisme animal.

Le courant électrique pourrait agir sur l'un ou sur
l'autre de ces deux actes de la vie plastique; mais
jusqu'ici nous n'avons point de renseignemens assez exactes pour résoudre ce problème. Quelques uns
des phénomènes observés dans les animaux soumis
aux expériences ci-dessus exposées et quelques nouvelles expérimentations peuvent répandre un peu de
lumière sur ce dont il s'agit, et nous mettre ainsi
sur la voie d'une explication rationnelle et scientifique.

Les mouvemens du coeur et des intestins des deux lapins, sur les quels on pratiqua notre première expérimentation, furent l'objet de nos observations à cet égard. Il
se trouva donc que vingt minutes après la mort le coeur
du lapin non électrisé avait cessé spontanément de se
contracter sur tous les points, tandis que chez le lapin
électrisé ces contractions continuaient encore d'une manière régulière et rythmique dans le coeur et ses oreillettes 50 minutes après la mort; bien plus, celles des
oreillettes duraient encore après une heure vingt minutes.
Dans tout cet espace de temps on put constater à plusieurs reprises qu'en irritant les intestins et en y excitant
des contractions, les contractions cardiaques se faisaient
plus actives. En effet, par ce moyen, on put les réveiller

deux fois lors de leur cessation spontanée avenue une heure vingt minutes après la morte, ce qui n'arriva point dans l'autre lapin. Quarante minutes après la mort on toucha d'une pointe aiguë le milieu du ventricule du sujet *E* qui se restreignit alors circulairement de façon qu'il ne devait plus y avoir aucune communication entre les deux moitiés. La même chose arriva, mais à un degré bien moindre, chez l'autre lapin, mais en celui-ci, la contraction ne fut qu'instantanée tandis que dans l'autre elle durait encore après dix minutes.

Dans les deux lapins femelles soumis à la seconde expérience, la section de la moëlle allongée eut lieu à une heure vingt-cinq minutes. Chez le sujet électrisé les mouvemens du cœur s'étaient entièrement arrêtés à 1 heure 40 minutes, et il ne fut plus possible de les réveiller, soit en l'irritant au moyen de l'acupuncture, soit en l'électrisant avec l'appareil de Duchêne. Chez l'animal au quel on avait fait subir l'électricité, les contractions du cœur se succédaient encore régulièrement à 1 heure 45 minutes. Mais après quelques instans elles diminuirent d'une manière sensible dans les oreillettes, et cessèrent tout à fait dans les ventricules, où elles se réveillèrent de nouveau d'après l'irritation causée par la piqûre d'un instrument aigu. Elles durèrent, cette fois, d'une manière uniforme jusqu'à 1 heure 58 minutes, puis elles se rènouvelèrent une autre fois au moment où l'on arrosa le cœur avec du sang artérieux. Cette fois elles étaient plus faibles et se prolongèrent jusqu'à 2 heures 30 minutes, après quoi on ne les observa plus que dans les cavités droites. Après peu d'instans elles cessèrent aussi dans le ventricule au côté droit, mais les pulsations des oreillettes ne cessèrent qu'à 2 heures 45 minutes. Au bout de ce temps cette dernière partie resta insensible à l'action de l'acupuncture et ne présenta plus aucun indice de mouvement. Pendant tout cet espace de temps, lorsqu'on voyait les contractions s'affaiblir, on put les réveiller tantôt au moyen du sang artérieux, tantôt par l'excitation ou le mouvement produits sur les ventricule ou sur les intestins, et de cette manière on put bien les reproduire comme dans l'autre cas, même lorsqu'elles avaient cessé du tout.

Ces deux lapins femelles étaient enceintes depuis deux semaines environ.

A' peine eut-on mis à découvert les viscères du bas-ventre des deux animaux on observa que les cornes de l'utérus du sujet *E* étaient en proie à de fortes contractions qui tendaient à faire entrer le premier foetus de la corne droite dans la vagine. Après 15 minutes environ celui-ci y était entré; mais les contractions utérines, quelques énergiques qu'elles fussent, ne purent jamais lui faire dépasser la limite des parties génitales externes.

Après tout cela les mouvemens continuaient encore dans la corne droite, et il en résulta le déplacement du foetus immédiatement superposé à celui qui avait déja pénétré dans la vagine, et son passage dans la dilatation utérine déja occupée par le premier. Ces mouvemens se prolongèrent jusqu'à 2 heures 40 minutes. On les ranima encore une fois, mais pour peu de temps, en stimulant l'utérus au moyen du courant électrique interrompu, après qui ils cessèrent totalment. Dans l'antre animal, au contraire, la durée des contractions de l'utérus ne se prolongea pas au de là d'une demi-heure, et encore furent-elles légères, inégales, partielles et ineptes à déterminer le déplacement de l'un des foetus renfermés dans l'utérus et qui étaient en nombre égal à ceux de l'autre animal. Les mouvemens péristaltiques des intestins durèrent spontanément jusqu'au delà d'une demi-heure chez le premier animal; la durée des mouvemens chez les second ne dépassa pas dix minutes. L'estomac du lapin *E*, piqué avec un aiguille dans la partie moyenne, se contracta circulairement de façon à rester pendant un quart d'heure à peu près, comme divisé en deux; tandis que chez l'antre sujet ce phénomène n'eut lieu que d'une manière fort imparfaite, et encore n'eut il qu'une durée bien courte.

Une heure après la mort on mit à découvert la cuisse gauche des deux animaux et alors on remarqua que le courant électrique interrompu excitait dans le muscle de l'animal *E* de fortes contractions qui se propagèrent à toute la jambe et à toute la cuisse; tandis que chez l'autre lapin les contractions étaient fort légères bornées et incapables de déterminer le moindre mouvement.

Dans les grenouilles qui fournirent le sujet de notre onzième expérience, à peine eut-on mis à découvert les viscères, et avant qu'on eût appliqué à l'une d'elles le courant électrique, on trouva que les pulsations du coeur étaient 74 par minute chez l'une et 73 chez l'autre. Après avoir appliqué à la première le courant électrique et qu'il eût agi pendant vingt minutes, les pulsations cardiaques étaient 70 dans le sujet électrisé et 61 dans la grenouille non électrisée. L'introduction du cyanure de potasse produisit un ralentissement bien sensible de ces pulsations chez l'un et chez l'autre animal. Cependant les pulsations du coeur de la grenouille électrisée se conservaient encore plus fréquentes que celles de la grenouille non électrisée. Ayant depuis suspendu l'introduction du cyanure de potasse, les pulsations étaient 78 chez la première, et 69 chez la seconde. L'expérience terminée, non seulement le coeur mais aussi les oreillettes de la grenouille non électrisée ne donnaient plus aucun signe de mouvement, tandis que le coeur de la grenouille électrisée donnait cinquante-deux pulsations par minute.

EXPÉRIENCE 12.me Deux grenouilles de la même grosseur furent fixées sur une tables le ventre en haut. On comprit l'une d'elles dans le circuit électrique composé de deux piles de Daniel, et on appliqua le réophore cuivre à la région de la nuque et le réophore zinc à l'os pubis. Dans l'un et dans l'autre animal on mit à découvert

immédiatement les viscères abdominaux et thoraciques.
Tout cela eut lieu 4 à heures 35 minutes de l'après-midi.
A cette-heure là on n'observa aucun changement sensible
dans les deux sujet. Le coeur de celui qui fut soumis à
l'électrisation battait 63 fois par minute, et celui de la
grenouille non électrisée 62.

A quatre heures cinquante minutes les pulsations du
coeur de la grenouille E étaient 70 par minute; celles du
coeur de la grenouille N 62.

A cinq heures vingt minutes le coeur du sujet E battait 62 fois par minute; celui du sujet N 48.

A six heures quarante minutes dans le coeur du sujet N
les contractions des ventricules avaient cessé, et on ne remar-
quait que des mouvemens faibles et irréguliers dans les
oreillettes, tandis que les contractions du coeur de la
grenouille E continuèrent régulièrement autant dans les
oreillettes que dans les ventricules. Elles étaient encore
64 par minute.

A six heures cinquante-huit minutes le coeur de la grenouille N était intièrement insensible, tandis que celui du
sujet E battait 68 fois chaque minute.

A sept heures vingt minutes on excita au moyen de
l'acupuncture le coeur de la grenouille N, et aussitôt des
contractions lentes, mais égales, s'y réveillèrent pour
cesser après cinq ou six minutes. Le coeur de la grenouille électrisée battait encore spontanément 65 fois
chaque minute.

A huit heures vingt minutes les pulsations cardiaques
de cette dernière étaient encore 37. Dans les ventricules
elles étaient encore moins sensibles que dans les oreillettes. Elles cessèrent à huit heures cinquante minutes.
Alors on les réveilla de nouveau par le moyen du courant
électrique appliqué directement à la région du coeur, mais
elles cessèrent totalement après quelques minutes. Dans
ces deux animaux l'électrisation des intestins, opérée à
l'aide du courant électrique interrompu, rendit les pul-

sations du coeur plus fréquentes et plus énergiques. Bien plus, elle parvint à les rèveiller pour deux fois dans le sujet *N* après qu' elles avaient cessé de se reproduire spontanément.

D' après les expériences que l' on vient d' exposer, nul doute que le courant électrique continu n' ait la faculté d' augmenter la contractilité du système nerveux musculaire, involontaire, d' y accumuler un si fort degré d' excitation qu' elle puisse s' y conserver même après la mort de l' animal de manière a y conserver l' aptitude vitale pour un temps beaucoup plus long que d' ordinaire.

La contractilité musculaire est certainement une propriété exclusivemant inhérente aux fibres primitives qui composent le tissu mis en mouvement et réglé par le système nerveux. Le plus ou moins d' activité de cet élément anatomique est proportionné à l' état de sa nutrition moléculaire, au degré de son excitabilité et la force de l' excitation qui lui provient directement des centres ganglionnaires, ou bien, de celle que ceux-ci lui renvoient par suite d' une impression sensitive.

D' après cela la plus grande activité d' un muscle suppose l' accroissement de toutes ces conditions mais elles sont d' ailleurs si liées les unes aux autres que vis-a-vis de l' exaltation de leur résultat final, l' accroissement de la contractilité, on ne parviendra jamais à déterminer avec précision sur lequel des trois actes ait agi la cause qui produit l' accroissement de l' action fonctionnante, surtout, si comme dans notre cas, l' électricité fut appliquée de façon à pouvoir a-

gir sur les organes, soit directement soit par l'intermédiaire des nerfs.

Chacun sait que le courant électrique appliqué immédiatement sur le tissu musculaire y détermine des
contraction, même quelque temps après la mort de
l'animal. Ainsi quiconque voudrait fixer son attention
sur ce fait seul, pourrait croire que l'accroissement
de la puissance contractile musculaire observé dans
nos expériences ne fut pas l'effet d'une action immédiate du galvanisme sur la fibre musculaire. Mais
d'un autre côté, si l'on considère que la durée de
la contraction excitée par l'action directe sur la fibre est égale à la durée de l'électrisation; que l'é-
ctrisation immédiate du tissu épuise promptement sa
contractilité ; que les contractions obtenues de telle
manière sont bornées au point où agit le courant élec-
ctrique, alors chacun comprendra aisément qu'il ne
faut pas attribuer à ce mode d'agir de l'électricité
les phémonènes que l'on vient d'observer, les quels,
pour s'être maintenus et excités spontanément, même
lorsque le courant n'agissait plus, pour avoir duré
longtemps après la mort de l'animal, pour être iden-
tiques, enfin, avec ceux qui s'accomplissent durant
la vie, et ayant, par conséquent, un ordre, une har-
monie, un but, ne pouvaient avoir lieu que par l'intervention de ce système nerveux qui, seul, a la faculté de les entretenir, de les exciter et de les diriger
durant la vie. En conséquence tout contribue donc
à faire ressortir davantage cette vérité, savoir, que
la plus grande énergie des mouvemens du coeur et
des intestins, leur prolongement après la mort, la

grande contractilité des fibres circulaires de l'estomac,
l'excitation des contractions utérines capable même
de provoquer un avortement deux heures après la
mort, ne peuvent être que des effets d'une activité
extraordinaire du système nerveux ganglionnaire qui
se manifeste sur les fibres musculaires lisses lorsqu'elles sont excitées par le fluide électrique qui, augmentant davantage la puissance des centres ganglionnaires,
rend aussi plus facile et plus energique la transmis-
sibilité de ce même fluide le long des filamens nerveux jusqu'aux fibres musculaires. Le système ganglionnaire peut donc conserver pour longtemps une
telle excitation indépendamment de la vie de tout
l'organisme, de sorte que l'élément anatomique
qui constitue le muscle se contracte, comme d'ordinaire même après la mort de l'animal.

Si l'on applique maintenant ces considérations aux
phénomènes observés dans les premières expériences
concernant la digestion, l'absorption, les sécrétions
et la nutrition, on en tirerait naturellement ces conclusions, savoir, qu'aussi ces actes de la vie ont
acquis une augmentation de force par suite d'un accroissement produit par le courant électrique dans l'activité physiologique des ganglions du grand-sympathique, ainsi que par suite d'une plus grande tran-
smissibilité de l'électricité aux cellules, aux corpuscu-
les, aux follicules, aux épitéliums, et aux élémens
anatomiques des autres tissus. Certes on ne pourra
jamai prouver d'une manière directe et déterminée
cette supposition, parce que, comme on l'a déjà
dit, il est impossible d'isoler les divers élémens

qui contribuent à la production des actes de la vie organique, ni agir exclusivement sur l'un d'eux. Toute fois dans l'espoir de donner plus de certitude à cette supposition, on a bien voulu instituer les expériences que nous allons exposer tout à l'heure.

Expérience 13.me On pratiqua deux fistules parotidées sur un vieux cheval desquelles il sortait une forte quantité de salive, soit pendant la mastication des alimens, soit lorsqu'on lui faisait tenir dans la bouche quelques substances irritantes ou savoureuses. Hors de ces circonstances, il ne sortait des deux plaies artificielles qu'une faible quantité de salive à peine suffisante à entretenir l'humidité des deux petites fistules.

Après on enfonça deux aiguilles très aiguës aux deux extrémités de la glande parotide gauche, de façon qu'elles pénétraient dans son tissu sans le traverser. On mit en suite ces deux aiguilles en communication avec les réophores d'une pile composée de six gros élémens de l'appareil de Bunsen. De cette manière la glande subit une électrisation qui se prolongea bien au delà d'une heure.

Pendant tout ce temps, on ne vit sortir de la plaie la moindre quantité de salive; bien plus, ce suintement muqueux qui entretenait l'humidité du canal glandulaire et de celui de la fistule, diminua beaucoup, tandis que dans l'autre plaie le suintement loin de diminuer, avait augmenté de sorte que quelques gouttes s'en échappaient. Avant de suspendre la galvanisation, on introduisit dans la bouche du sujet un morceau de pain assaisonné avec du sel marin qui provoqua bientôt un flux très abondant de salive dans la parotide droite, tandis que de la parotide gauche, la même qui était électrisée, on ne vit s'écouler que une bien moindre quantité d'un liquide opaque et rougeâtre.

EXPÉRIENCE 14.me Apres avoir vidé complètement la vésie
à deux jeunes lapins et empêché la sortie des urines au
moyen d'une ligature externe, on pratiqua sur l'un d'eux
une incision qui pénétrait dans la cavité abdominale, et
l'on introduisit dans la plaie les réophores d'une pile
composée de deux élémens de l'appareil électrique de
Daniel. On appliqua les réophores à chacun des deux
reins du sujet de façon que tous les deux y adhérassent
continûement avec leur extrémité recouverte d'éponge,
sans pénétrer dans le tissu de l'organe. Le courant électrique traversa ainsi les reins pendant cinque heures marquant 30 degrés au galvanomètre.

On tua après ce temps les deux lapins, on lia les deux
vésies urinaires et l'on en recueillit les urines. Celles du
sujet électrisé pesaient 1 gramme; elles étaient troubles,
rougeâtres, et offraient une réaction quelque peu acide:
Celles du lapin non électrisé pesaient 8 grammes et 1/2.
Elles présentaient les traits qui caractèrisent les urines
normales des animaux herbivores. Les reins du sujet *E*
étaient d'un rouge très vis à leur surface externe. Cette
couleur était plus foncée à l'endroit où ils étaient en
contact avec les réophores. Les ayant coupés, on les trouva
engorgés de sang. Le parenchyme de l'organe était d'un
rouge brun, particuliérment dans le point de jonction de
la substance corticale avec la tubulaire. Les parties les
plus congestionnées étaient aussi les plus ramollies, elles
paraissaient comme infiltrées de sérum, et offraient ainsi
les mêmes caractères des parties altérées par le procédé
inflammatoire.

Il nous semble que l'électricité, lorsqu' elle agit
immédiatement sur les parenchymes des glandes,
y détermine des effets différens de ceux que l'on
obtient par son application faite à l'aide du système
nerveux, et qu'il est nécessaire si l'on veut pro-

duire une augmentation des fonctions organiques, que l'électricité atteigne les élémens anatomiques par le moyen de ce même conducteur qui y porte l'excitation vitale et qui en entretient l'activité.

Cette loi ne pourrait pas être contredite par les différentes expériences qui démontrent que l'électricité appliquée aux membranes muqueuses détermine une plus grande sécrétion dans les follicules et dans les glandes dont le canal sécrétoire s'ouvre dans la muqueuse électrisée.

Même dans ces cas le phénomène s'accomplit moyennant la réflexion qui s'établit entre la membrane muqueuse et l'organe glandulaire; et de même que l'impression des alimens sur la muqueuse de la bouche et de l'estomac se réfléchit par le moyen du système nerveux sur les petites glandes qui sécrètent la salive et le suc gastrique, de même l'électricité, outre qu'elle remplace dans ces faits les alimens, elle détermine aussi, par son action stimulante, une sécrétion tellement copieuse, qu'aucune nourriture n'est pas capable d'en exciter une semblable.

Il est donc certain que les cordons nerveux forment l'instrument nécessaire de transmission autant de la puissance des centres nerveux que du fluide électrique: par conséquent, l'analogie que plusieurs ont constaté depuis longtemps entre ces deux impondérables qui agissent sur les organes de la même manière et par les mêmes moyens, et peuvent jusqu'à un certain point se remplacer l'un l'autre, devient de plus en plus évidente. Et encore une telle res-

semblance nous frappera davantage, si l'on considère que la force d'innervation autant que l'électricité si elles excitent un organe à agir avec plus
d'activité, elles exigent l'intervention d'un autre
élément d'action, savoir l'affluence d'une plus grande
quantité de sang. Ce fait, démontré déjà par la
physiologie d'une manière assez évidente particulièrement à l'égard des organes qui agissent par
intervalles, nous aussi nous l'avons observé dans
les expériences que nous venons d'instituer.

Le foie, les reins et la muqueuse de l'estomac
des lapins électrisés, dans les quels la digestion s'était
opérée avec plus de rapidité que d'habitude présentèrent presque toujours une couleur beaucoup plus
rouge à cause de la plus grande abondance de sang
contenu dans les vaisseaux capillaires de ces parties.
Mais ce phénomène n'étant remarqué qu'après la
mort du sujet, ainsi on ne pouvait pas préciser
l'époque de son apparition; et comme il avait lieu,
au surplus, dans des organes qui présentent naturellement des variations dans leur couleur on songea
ainsi à le préciser et à le constater avec plus d'é-
vidence, en instituant de nouvelles expérimentations
à cet unique objet.

EXPÉRIENCE 15.me Ayant fixé sur une table, le ventre en
haut, deux grenouilles d'une même grosseur, on pratiqua
sur chacune d'elles l'ouverture des parois du thorax et
du bas ventre afin que l'on pût voir aisément tous les
viscères des deux cavités. Puis on fixa l'un des réophores de deux élémens de la pile de Daniel sur le tronc
cervical du pneumo-gastrique et l'autre sur le plexus

58

lombaire de l'une des deux grenouilles, de manière que le courant électrique passait à travers plusieurs organes, marquant à un galvanomètre médiocrement sensible 40 à 45 degrés. L'action du courant électrique commença à quatre heures trente-cinq minutes. Après quelques instans la déglutition de l'air devint plus fréquente dans le sujet éléctrisé, de manière que le poumon s'enflait et se déprimait par des intervalles d'une courte durée.

A quatre heures cinquante-cinq minutes une plus grande quantité de sang avait déjà commencé à affluer dans ces mêmes poumons. Une rougeur plus prononcée et des ramifications vasculaires plus manifestes que dans les poumons de la grenouille non électrisée, le démontraient.

A cinq heures dix minutes la surface externe de l'estomac avait acquis une couleur rose, tandis que dans l'autre grenouille elle était blanche comme au commencement de l'expérience.

A cinq heures quarante minutes la différence du couleur des poumons des deux animaux s'était manifestée davantage, quoique le réophore enfoncé dans l'abdomen eût pénétré dans l'aorte par suite des mouvement du sujet et eût, ainsi, provoqué une hémorrhagie.

A six heures cinq minutes la différence du coloris et de l'engorgement vasculaires des deux poumons, était presque la même, quoique le sujet électrisé fût près de mourir par suite d'une perte considérable de sang.

Expérience 16.me Ayant fixé deux grenouilles de la même grosseur sur un plan horizontal, le ventre en haut, on les lia de manière à ce que la circulation des extrémités ne fût point gênée. On coupa ensuite une partie du thorax et de l'abdomen des deux grenouilles et on leur mit à découvert la cuisse droite; après quoi on mit en action quatre élémens de la pile de Daniel, on fixa l'un des deux réophores à la nuque et l'autre à l'extrémité de la jambe droite de l'une des deux grenouilles. Le courant traversait ainsi le corps tout entier du sujet, marquant 50 degrés environ au galvanomètre dont on s'était servi dans l'expérience précédente.

Une heure s'était déja écoulée depuis le commencement de l'électrisation lorsqu'on observa les différences suivantes.

La couleur du poumon du sujet *E* était plus vive; et les vaisseaux disséminés sur sa surface étaient plus enflés, surtout les grands troncs qui provenaient directement du coeur.

Cet organe battait avec plus de célérité que celui de la grenouille non électrisée; et pendant sa diastole s'enflait davantage et devenait plus rouge que celui de la grenouille non électrisée.

Le ventricule et les intestins éprouvèrent une diminution dans le volume, et acquirent à leur surface externe une couleur rose, tandis que le ventricule et les intestins de l'animal non électrisé étaient encore blanchâtres.

Dans les muscles de la cuisse, par où passait le courant électrique, les ramifications vasculaires non seulement étaient devenus plus manifestes, mais leur nombre paraissait aussi avoir augmenté. Mais ce qui nous parut étrange, ce fut voir que ces muscles, quoiqu'ils fussent parcourus par un courant électrique continu, ils étaient cependant presque toujours le siège d'un tremblement qui n'eut pas lieu, ainsi que nous l'avons observé, dans l'autre jambe du même sujet.

Une demi-heure plus tard les deux sujets vivaient encore et présentaient les mêmes dissemblances que nous venons de décrire, mais à un plus haut degré. Dans l'estomac du sujet électrisé, où seulement les vaisseaux de la petite et de la grande courbure étaient visibles au commencement, on retrouva des ramifications qui, en partant des vaisseaux des deux courbures allaient se rencontrer au milieu de l'organe pour s'y anastomoser.

Dans ces deux expériences nous avons vu l'é-
lectricité pénétrer dans les organes par l'intermédiaire
du système nerveux et y produire cet état de congestion sanguine régulier et modéré à la fois, qui,
sans doute, aura eu lieu aussi dans les huit premières expériences, et dont nous trouvâmes des
traces même après la mort des animaux dans le
foie, dans les reins et dans la muqueuse du ventricule. Que l'on remarque bien que cette affluence
de sang est bien différente de celle qu'on a observée en ces organes sur les quels on fit l'application
immédiate de l'électricité. En ceux-ci, non seulement elle atteignit un degré qu'elle ne peut jamais
atteindre à l'état normal, elle était, au surplus,
accompagnée d'une modification dans la consistance
des tissus et d'une infiltration du plasme sanguin
qui n'avait pas pu être assimilé à cause de son
anormalité et de son contact avec des élémens qui
avaient perdu leurs caractères physiologiques.

Il est donc prouvé que le courant électrique continu, lorsqu'il est introduit directement dans les
parenchymes sans l'intermédiaire du système nerveux, agit comme un principe irritant, et y détermine bientôt un état de congestion anormale qui,
loin de provoquer un accroissement des fonctions
normales, y amène, au contraire, des altérations
qui ont beaucoup d'affinité avec celles qui accom-
pagnent les premières périodes du procédé inflammatoire. Ces altérations sont justement la suspension ou les modifications des fonctions normales,
une extraordinaire affluence de sang avec stase, ra-
mollissement et infiltration.

On voit enfin que cet état congestif diffère, par conséquent, beaucoup de celui que détermine la même électricité, lorsqu' elle agit par l' intermédiaire des nerfs; cette différence doit être la même qui existe entre l' affluence de sang qui se forme dans les organes toutes les fois qu' ils entrent naturelle-ment et spontanément dans un plus grand état d' ac-tivité fonctionnale, et la stase sanguine qui consti-tue l' un des élémens le plus essentiel du procédé inflammatoire. Il paraît donc établi, d' après ce rai-sonnement, que la plus grande affluence de sang qui a lieu dans un organe électrisé par l' intermé-diaire des nerfs, est tout à fait identique avec celle qui, dans le cours naturel et spontané de la vie, se produit dans ces organes qui, pour une nécessité de l' organisme et pour des causes externes, eprou-vent une augmentation dans l' activité de leurs fonctions physiologiques.

Nous allons résumer maintenant les plus impor-tantes et les plus sûres deductions qu' on peut tirer des faits que l' on vient de faire connaitre.

1.º Le courant électrique continu a la faculté de rendre les fonctions de la vie végétative plus promptes et plus énergiques, et d' augmenter, par conséquent, la force des actes d' attraction et de com-position, de décomposition, et de répulsion lesquels constituent le procédé nutritif.

2.º L' électricité, pendant qu' elle produit cet effet, n' agit pas à la manière d' un simple stimu-lant, c' est-à-dire, elle ne se borne pas à activer pour le moment les actes fonctionnaux au préjudice de leur durée, mais elle augmente encore et renforce radicalement leur puissance, de façon que les fonctions non seulement s'accomplissent avec plus d'énergie, mais leur activité se prolonge même, lorsque l'électricité n'agit plus, et ce qui est encore plus, persiste au de là de la mort de l'animal.

3.° Un tel résultat ne peut être bien compris sinon après avoir admis que les centres nerveux ganglionnaires, sous l'influence de cet impondérable, acquièrent une puissance extraordinaire et plus énergique qu'ils transmettent même plus aisément pour un espace de temps plus long que d'ordinaire aux organes qui leur obéissent.

4.° C'est en atteignant ce but que l'électricité détermine une plus grande affluence de sang à ces organes dont elle augmente les fonctions, affluence égale à celle qui dans l'exercice normal des fonctions de la vie, s'opère dans les parties qui manifestent avec plus d'énergie leurs propriétés vitales.

5.° L'électricité appliquée directement sur les tissus agit comme un stimulant anormal, il en altère et en suspend les fonctions physiologiques. En outre, l'affluence du sang qui s'ensuit, au lieu de faciliter un développement plus actif des actes fonctionnaux, y apporte, au contraire, des modifications, qui ont beaucoup d'analogie avec celles du procédé inflammatoire.

6.° Si l'électricité doit augmenter la capacité fonctionnale des organes, il est nécessaire qu'elle arrive à eux par les filamens nerveux. Et comme

d' ailleur ces filamens ne sont autre chose que des
simples conducteurs, ainsi l' augmentation de l' activité des organes, si elle dépendait d' une action directe de l' électricité sur les nerfs, ne pourrait pas
se prolonger au delà de cette action. Mais comme
les effets, ainsi que nous l' avons prouvé précédem-
ment, se maintinrent même au de là des causes
qui les avaient produits, le phénomène ne peut donc
pas s' expliquer sans recourir à la loi exposée dans
la 3.e de nos déductions.

F I N.